AQUÍ LO ÚNICO FRÁGIL ES TU CUERPO.
TÚ ERES INQUEBRANTABLE

—Xaden Riorson

Título original: *Official Iron Flame Journal. You Are Unbreakable*

Basado en la novela Iron Flame de Rebecca Yarros

Esta edición se publica por acuerdo con ALLIANCE RIGHTS AGENCY.

Diseño de portada y guardas: Elizabeth Turner Stokes
Adaptación de portada: Planeta Arte & Diseño / Lisset Chavarria Jurado
Ilustraciones de portada: © Shutterstock

Bajo el sello editorial PLANETA M.R.
Avenida Presidente Masaryk núm. 111,
Piso 2, Polanco V Sección, Miguel Hidalgo
C.P. 11560, Ciudad de México
www.planetadelibros.com.mx

Primera edición impresa en México: abril de 2026
ISBN: 978-607-39-3758-0

Impreso en los talleres de Litográfica Ingramex, S.A. de C.V.
Centeno núm. 162-1, colonia Granjas Esmeralda, Ciudad de México
Impreso y hecho en México – *Printed and made in Mexico*

ESTE DIARIO PERTENECE A:

CALENDARIO

Aquí podrás anotar los eventos y celebraciones más importantes de tu año.

Enero

Febrero

Marzo

Abril

Mayo

Junio

Julio

Agosto

Septiembre

Octubre

Noviembre

Diciembre

Book Tracker

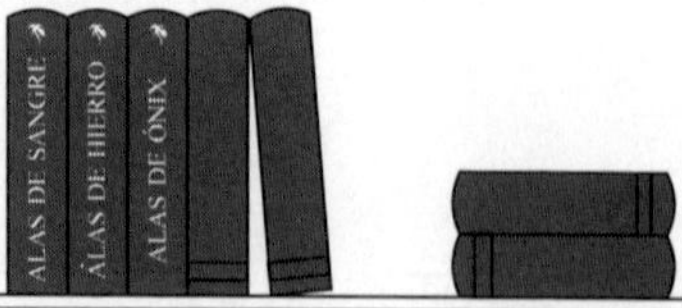

	E	F	M	A	M	J	J	A	S	O	N	D
1												
2												
3												
4												
5												
6												
7												
8												
9												
10												
11												
12												
13												
14												
15												
16												
17												
18												
19												
20												
21												
22												
23												
24												
25												
26												
27												
28												
29												
30												
31												

☆☆☆☆☆
☆☆☆☆☆
☆☆☆☆☆
☆☆☆☆☆
☆☆☆☆☆
☆☆☆☆☆
☆☆☆☆☆
☆☆☆☆☆
☆☆☆☆☆
☆☆☆☆☆
☆☆☆☆☆
☆☆☆☆☆
☆☆☆☆☆
☆☆☆☆☆
☆☆☆☆☆
☆☆☆☆☆
☆☆☆☆☆
☆☆☆☆☆
☆☆☆☆☆
☆☆☆☆☆
☆☆☆☆☆
☆☆☆☆☆
☆☆☆☆☆
☆☆☆☆☆
☆☆☆☆☆
☆☆☆☆☆
☆☆☆☆☆

Clave

- ☐ 0-20 Páginas
- ☐ 20-40 Páginas
- ☐ 40-80 Páginas
- ☐ 80-100 Páginas
- ☐ Más de 100 Páginas

PENDIENTES

NOTAS

PENDIENTES

NOTAS

Pendientes

NOTAS

Pendientes

NOTAS

PENDIENTES

NOTAS

Pendientes

NOTAS

Pendientes

NOTAS

Pendientes

NOTAS

Pendientes

NOTAS

Pendientes

NOTAS

Pendientes

NOTAS

PENDIENTES

NOTAS

PORQUE EL AMOR,

EN ESENCIA, ES ESPERANZA.

—Violet Sorrengail

NO NOS COMEMOS
A NUESTROS ALIADOS.

—Tairn

LOS SECRETOS SON UNA POBRE HERRAMIENTA DE EXTORSIÓN, PORQUE MUEREN CON LA PERSONA QUE LOS GUARDA.

—Coronel Aetos

IRÉ CONTIGO VAYAS ADONDE VAYAS.

—Xaden Riorson

ERES MI CENTRO DE GRAVEDAD. NADA EN MI MUNDO FUNCIONA SIN TI CERCA.

—Violet Sorrengail

EL PROBLEMA
DE LA HUMANIDAD ES
QUE A MENUDO CONSIDERAMOS QUE
VENDER NUESTRA ALMA ES UN PRECIO
JUSTO A CAMBIO DEL PODER.

—*Guía para derrotar a los venin*,
por la capitana Lera Dorrell.

LO QUE CONSTRUYAMOS JUNTOS
DEBE SER LO BASTANTE FUERTE PARA
RESISTIR UNA TORMENTA.
O UNA GUERRA.

—Xaden Riorson

ERES TAN ÚNICA COMO YO.

—Andarna

LAS HISTORIAS CAMBIAN SEGÚN QUIEN LAS CUENTE.

—Jesinia Neilwart

SERÉ LA JINETE MÁS PODEROSA
DE MI GENERACIÓN.

—Violet Sorrengail

EN ESENCIA, LA MAGIA
EXIGE UN EQUILIBRIO.

—*Magia: un estudio universal para jinetes,*
por el coronel Emezine Ruthorn

SEA LO QUE SEA QUE TE ESTÉ PASANDO POR ESA PRECIOSA CABECITA, ESTOY DISPUESTO A SABERLO.

—Xaden Riorson

LAS PALABRAS SON IGUAL DE CAPACES DE DESTRIPAR A UNA PERSONA QUE UNA ESPADA.

—Violet Sorrengail

DEJA DE DARLE VUELTAS A ESO.
NO TE SERVIRÁ PARA HACERTE
MÁS FUERTE.

—Tairn

LOS DRAGONES
NO RESPONDEN A LOS CAPRICHOS
DE LOS HOMBRES.

—*Guía de campo de los dragones,*
por el coronel Kaori.

MI CASA.

MI SILLA.

MI MUJER.

—Xaden Riorson